Texto de Jean-Baptiste Baronian
Ilustraciones de Noris Kern
Título original: *Pour toujours*
Traducción y adaptación de Estrella Borrego

Pujades, 81. 08005 Barcelona. España

Impreso en Bélgica

Jean-Baptiste Baronian – Noris Kern

Para siempre

Beascoa

Polo estaba muy triste. Le parecía que su mamá y su papá no le prestaban atención. Y se preguntaba por qué.

Entonces fue a pasear por el banco de hielo y vio un grupo a lo lejos. Se acercó con cuidado.

¡Ahí estaban todos sus amigos! El caribú Walter, el lobo Rayo de Luna, la foca Lunares y el pingüino Pinpín. Hablaban sobre lo que habían pescado esa mañana.

—Nunca había atrapado tantos peces de una sola vez —decía Pinpín.

—Yo tampoco —le respondió Rayo de Luna—. Hoy tuve mucha suerte.

Walter miró a Polo y le preguntó:
—¿Por qué estás tan callado, Polo? Tienes cara de preocupado.
—Sí, tienes cara de preocupado —afirmó Rayo de Luna—. Nos lo puedes contar todo. Somos tus amigos.
Polo dudó, pero terminó por confiar en ellos.

—No sé muy bien qué pasa, pero estos días siento que mi mamá y mi papá no me prestan nada de atención.

Pinpín quedó de lo más sorprendido.

—A lo mejor no te has portado muy bien con tus papás. ¿Has hecho alguna travesura?

—Será eso —dijo Lunares—. Cuando no me porto bien, me doy cuenta de que ellos se enfadan.

—Pero me parece que no he hecho nada malo —contestó Polo.

De repente se oyeron gritos a lo lejos.
—Son mis hermanos que me llaman —dijo Pinpín—.
Mamá nos está esperando. ¡Hasta luego!

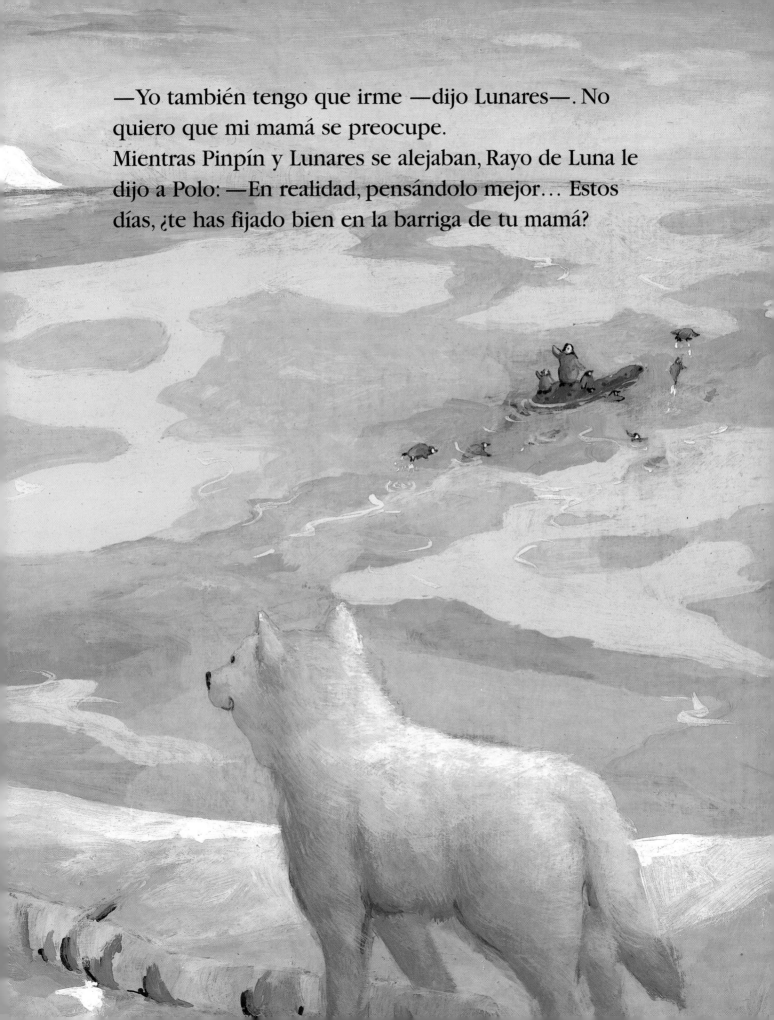

—Yo también tengo que irme —dijo Lunares—. No quiero que mi mamá se preocupe.

Mientras Pinpín y Lunares se alejaban, Rayo de Luna le dijo a Polo: —En realidad, pensándolo mejor… Estos días, ¿te has fijado bien en la barriga de tu mamá?

—¿La barriga de mi mamá? —repitió Polo, con los ojos bien abiertos.

—Hace un tiempo, a mí también me pareció que mis papás estaban enfadados conmigo —le explicó Rayo de Luna.

—Pero estaba equivocado. Mi mamá tenía a mi hermanito y a mi hermanita en la barriga, y se pasaba el día pensando en ellos. Seguramente va a crecer tu familia. Tienes que estar contento. Y sobre todo, no pongas esa cara triste, que preocupa a tus amigos.

Intrigado por lo que le habían dicho sus amigos, Polo volvió a casa. Allí vio que sus padres estaban dormidos, abrazados el uno al otro.
Se les acercó con cuidado para no hacer ruido.
Al mirar a su mamá de cerca, se dio cuenta de que tenía una barriga enorme.

Enseguida oyó la voz de su mamá:
—¿Qué haces, Polo? ¿Por qué nos miras como si no nos hubieras visto antes? Ven, acércate.

—No quiero molestar —contestó Polo—. No quiero molestarte, mamá. No quiero molestar a tu bebé…

—Tú no nos molestas nunca —dijo la mamá de Polo—. Ven a acurrucarte a nuestro lado.

—Acércate a mí y escucha cómo late el
corazoncito del bebé.
Cuando venga al mundo te va a necesitar
mucho. ¿Por qué estás tan triste, Polo?
Sabes muy bien que una mamá quiere
por igual a cada uno de sus hijos.
Y los quiere para siempre.